Sabine Glashauser

Mir fallen gleich meine Nerven runter

Weisheiten aus Kindermund

AF188955

FSC
www.fsc.org

MIX

Papier aus ver-
antwortungsvollen
Quellen
Paper from
responsible sources

FSC® C105338

Widmung:

Für Alexander:
Hier sind sie, die gnadenlosen Enthüllungsstorys deiner
frühen Jahre. Schonungslos und knallhart.
Manchmal etwas peinlich für dich, meistens amüsant für
alle anderen.
Da musst du jetzt durch, sei tapfer!
Und – herzlichen Glückwunsch zum 18. Geburtstag!
Sabine alias Tate Sabibi
    &
Ongl Gunga

Bibliografische Information der Deutschen Nationalbibliothek:
Die Deutsche Nationalbibliothek verzeichnet diese Publikation
in der Deutschen Nationalbibliografie; detaillierte
bibliografische Daten sind im Internet über dnb.dnb.de
abrufbar.

© 2018 Sabine Glashauser
Herstellung und Verlag:
BoD - Books on Demand GmbH, Norderstedt
ISBN:
9783748156482

Inhalt:

Vorwort

Mir fallen gleich meine Nerven runter …

… ist ein Zitat von Louis, dem kleinen Sohn von Axel Hacke. Jeder wollte etwas von dem Knirps: Mama, Papa, Freunde und das Kindergartenfräulein; das war einfach zu viel für ein vier Jahre altes Kerlchen.

Kinder bringen in einer direkten, unverfälschten Art auch komplizierte Sachverhalte durch eine einfache Frage oder ein schlichtes Statement genau auf den Punkt.

Alltägliche Situationen für uns Erwachsene sind für Kinder oft neu und ungewohnt. Wie darauf reagieren, wie soll man das einschätzen? Und dazu noch diese vertrackte Sprache mit all ihren Tücken. Da gilt es manche Hürde zu meistern.

Ich hoffe, dieses Buch zaubert ein Schmunzeln ins Gesicht und ein Lächeln auf die Lippen.

Die Geschichten, die vom Großwerden unserer Kleinen zeugen, amüsieren uns. Aber bald sind sie vergessen. Dabei sind sie es wert, in Erinnerung zu bleiben und nicht in den „Tiefen" von Alltag und Zeit zu versinken.

Alexander: Wortwörtlich

Alexanders Wortschatz war noch nicht groß. Unterhaltungen bestanden nur aus einzelnen Wörtern. Sein Papa hatte Alexander von Oma und Opa abgeholt. Mit im Kofferraum des Wagens stand, neben Alexanders umfangreichem Equipment, ein Wäschekorb, prall gefüllt mit frisch gebügelter Wäsche.

Unser junger Mann verreist stets mit einem mit diversen Autos, aber auch anderen unbedingt nötigen Dingen, prall gefüllten „Felix, der Hase"-Koffer; und den muss er auch selbst tragen.

Aber an diesem Abend war Alexander schon sehr müde und der Koffer schwer. Keuchend schleppte er ihn ein paar Schritte, bis er schließlich erschöpft fragte:

„Papa tragen?", mit einem Blick auf den Koffer.

„Na gut", meinte der Papa, „… dann gib mir mal den Koffer. Ich leg ihn auf den Wäschekorb."

Beim Hochheben der gesamten Last entfährt ihm ein halblautes „Puuh."

Alexander fragt seinen Papa ganz besorgt: „Swer?"

Worauf der antwortet: „Das kannst du aber laut sagen."

Alexander bleibt kurz stehen, holt tief Luft – und brüllt durch die Tiefgarage: „Sweeer!"

Alexander: Trinkgewohnheiten

Frühjahr 2002

Wenn Alexander uns besucht, erhalten bestimmte „Tiere"
in meinem Zimmer „Ausgang":
   Der „Hochzeitsfrosch", eine Plastikkröte, die wir bei
Fotoshootings von Hochzeiten nutzen, muss
beispielsweise permanent auf und über Bücher springen
und dazu noch quaken.
Die Enten schwimmen kilometerweit auf den
Glasregalen hin und her. Eine weitere Übung besteht in
wiederholtem „Köpfchen ins Wasser, Schwänzchen in
die Höh'"; was Enten halt so den ganzen Tag machen.
Erholung finden die leidgeprüften Tiere dann im Sessel
für mein „Handy", in dem sie ruhen dürfen.
Natürlich macht so eine sportliche Betätigung Durst.
„Was trinkt denn der Frosch jetzt?"
Er versichert mir mit einem Nicken, der Frosch stille mit
Apfelsaft seinen Durst.
Anschließend sind die Enten dran. Auch sie beugen ihr
Köpfchen gen Glasplatte und nehmen glucksend
Flüssigkeit zu sich. Erneute Frage, was denn jetzt die
Enten trinken würden.
Alexander hebt erstaunt seinen Kopf und meint
achselzuckend:
„Wasser!"
So selten blöde Fragen können wirklich nur Erwachsene
stellen.

Alexander: Sensationelle Geschichten

Frühjahr 2002

Besuch ist da.
Irgendjemand erzählt interessante Neuigkeiten.
Alexander beschäftigt sich mit seinem Spielzeug.
Dennoch hat er seine „Dumbo-Ohren" aufgestellt.
Am Ende der Geschichte schüttelt Alexander den Kopf
und meint: „Ungaubig!"

Alexander: Sandspielen

Sommer 2002

Im Sommer spielt Alexander bei Oma und Opa im
Sandkasten. Seine Oma leistet ihm Gesellschaft, während
er, immer wieder sein Sandförmchen füllend, Sand in
einen mit Wasser gefüllten Eimer schüttet.
Der Eimer ist bereits ziemlich voll, Alexander sieht aus
wie ein kleines Erdferkel. Wieder einmal schmeißt er mit
erhobenen Händen Sand ins Wasser. Die Oma meint:
„Das spritzt aber ganz schön!"
Alexander nickt zustimmend und fügt erklärend hinzu:
„Gewaltig."

Alexander: Saft und Kraft

Frühjahr 2002

Alexander und seine Mama sind zu Besuch.
Die Wellensittiche tirilieren aus voller Kehle im Wohnzimmer.
Alexander möchte wissen, warum die Vögel singen.
„Sie mögen Musik. Da singen sie immer mit. Jetzt zum Radio, weil ich zu Hause bin. Sonst schmeißt ihnen der Onkel Gunter, wenn er von der Arbeit heim kommt, eine CD in den Player ..."
„Der Onkel Gunter schmeißt eine CD in den Player ...?"
Alexander ist beeindruckt. Toll, der Onkel Gunter ...!
Seine Mama räuspert sich dezent.
„Ähhh, also der Onkel Gunter legt vorsichtig die CD ..."
Eines von Alexanders Lieblingsspielzeugen in unserer Wohnung ist ein Handstaubsauger, den er schon als robbendes Kleinkind mit Hingabe durch die Gegend schob.
Alexander saugt unter großem Aufwand und viel Lärm das Zimmer.
Auf einmal wird das Brummen des Staubsaugers zu einem schwachen Röcheln und versiegt schließlich ganz.
Der Akku ist leer. Alexander ist betroffen. Hat etwa er das schöne Spielzeug kaputt gemacht?
Da passiert mir der zweite Fauxpas des Tages.
Ich sage zu ihm: „So, jetzt hat der Staubsauger keinen Saft mehr!"
Alexander ist erleichtert. Schnurstracks rennt er in die Küche. Keine Sorge, gleich ist das Problem behoben.

Gleich ist der Tank des Staubsaugers wieder aufgefüllt. Nur ein Schluck Apfelsaft, den schütten wir einfach nach …

Alexander in Italien

Italien 2002

Vielleicht ist es Müdigkeit, schlechte Laune oder was auch immer: Alexander plärrt jedenfalls wie am Spieß. Und das ausgerechnet während des Essens im Speisesaal. Nichts hilft, alle Ablenkungstechniken versagen, Alexander brüllt.

Am Nachbartisch sitzen auch Deutsche. Einer befeuchtet seinen Finger und fährt am Glasrand entlang. Ein hoher, sirrender Ton ist zu hören.

Alexander beendet sofort sein Geschrei und lauscht. So ein Geräusch hat er noch nie vernommen … Unklugerweise erklärt ihm seine Oma, das tolle Geräusch wäre ein Alarm. Und was passiert jetzt?

Das ist vorauszusehen, nicht wahr?

Alexander bricht postwendend wieder in sein Heulbojengeschrei aus, jetzt allerdings, um zu testen, ob der tolle Alarm noch immer funktioniert.

Nach einem anstrengenden Tag, mit so anspruchsvollen

Tätigkeiten wie Tropfenbäume zu zerstören und Sand ins Meer zurückzuschaufeln, haben wir uns alle einen Cappuccino verdient.

Wir sitzen in unserem Stammcafé und Herr Alexander bestellt sich ein Wasser.

Natürlich schwimmt eine Scheibe Zitrone im Glas und auch ein Eiswürfel, der toll klirrt, wenn man das Glas leicht schüttelt. Selbstverständlich wird die Zitrone aufgegessen. Wozu schwimmt sie sonst im Glas herum, wenn's auch, zugegebenermaßen, reichlich sauer schmeckt.

Absolute Empörung ruft beim völlig verdutzten Alexander der langsam, aber stetig vor sich hinschmelzende Eiswürfel hervor.

Eine unglaubliche Unverschämtheit!

Alexander ist zwar sehr angetan von der Tatsache, dass er in einem Hotel wohnt, aber richtig aussprechen kann er das Wort noch nicht.

Wir alle müssen beim Essen viel Wasser und auch ein bisschen Wein (Tante Bine und Onkel Gunter) trinken, damit Silvano, der Hotelier, sich endlich „Sandalen ohne Löcher" kaufen kann.

Wieder einmal beim Essen:

„Alexander, wo wohnst Du jetzt?"

„Im Motel."

„H-H-Hotel heißt das."

„H-H-Motel."

Die Oma erzählt zum wiederholten Mal die Geschichte von der lieben Tante Bine, die als kleines Kind nicht Nikolaus sagen konnte. „Sabine, sag mal Nikolaus", „N-N-Mikolaus" usw.

Alexander lauscht mit andächtigem Staunen der

Geschichte. Diese dumme Tante Bine.

Da muss jetzt ein ganzer Kerl wie Alexander her, dann lernt sie's schon. Er beugt sich aus seinem Stühlchen zu mir herüber, fasst mich am Arm.

Gemeinsam werden wir's schaffen, sagt sein Blick – und dann beginnen wir auch schon mit der schwersten aller Übungen:

„Tante Bine, sag mal M-M-M-Minnie Mouse!"

Jeden Abend, nach ausgedehntem Strandaufenthalt, müssen wir alle, speziell aber ein kleines paniertes Sandferkel, unter die Dusche.

Trotz ausgiebigem Geplantsche und Gespritze war Alexander natürlich als Erster fix und fertig wieder Abmarsch bereit. Oma und Mama eine kleine Ruhepause gönnend, erschien er regelmäßig mit dem Ruf „Alexander kommt jetzt, Tante Bine!" freudestrahlend, von Mama auf den Nachbarbalkon gehoben, zunächst unter der halb geschlossenen Jalousie der Balkontür durchspähend. Höchst interessiert verfolgte er meine Schminkrituale, verlangte lautstark auch etwas „Glanz auf den Lippen" und hätte jeden Tag wie ein bunt gescheckter Papagei ausgesehen, hätte ich das nicht verhindert.

Eines Abends erscheint Onkel Gunter, sich noch abtrocknend, frisch geduscht aus dem Bad.

Alexander deutet fragend auf Onkel Gunters Mitte: „Das da ist?"

„Onkel Gunters Pillermann."

„Alexander auch einen hat!", erfahren wir dann.

Das Thema beschäftigt ihn sehr. Wir befürchten, dass bald der gesamte Speisesaal die freudige Nachricht erhalten wird, dass Onkel Gunter stolzer Besitzer eines

Pillermanns ist.

Gott sei Dank hat Alexander großen Hunger. Die Nudeln haben oberste Priorität.

Aber der Mama werden abends, beim Ins-Bett-Bringen, sensationelle neue Erkenntnisse mitgeteilt.

Kurz bevor er in seinen Schlafanzug gesteckt wird, blickt der nackige Alexander an sich herunter und meint sinnierend:

„Onkel Gunter hat auch einen Pillermann – aber einen gaanz großen."

Abends gibt es, der Vitamine wegen, immer Obst zum Nachtisch. Zum Glück isst Alexander gerne Obst. Irgendwann werden uns Kirschen kredenzt.

Alexanders Papa spuckte im gleichen Alter, sehr zum Entzücken und großem Gelächter des gesamten Speisesaalpublikums, die Kirschkerne in hohem Bogen durch den Raum. Und Alexander?

Die Mama macht es ihm vor: eine Kirsche in den Mund, kurz gekaut und schon kann man den Kern auf den Teller legen. Alexander beobachtet fasziniert alle Kirschenesser.

Tolle Sache! Keine Frage, er will das auch nachmachen. Also eine Kirsche in den Mund gesteckt und … weg ist der Kern.

„Alexander! Nicht den Kern runterschlucken. Den musst du doch wieder ausspucken."

Neuer Versuch – und wieder ist der Kern weg.

Nächster Versuch – geschafft! Ein strahlender Alexander spuckt den Kern in Mamas Hand.

Nächste Kirsche, neues Glück. Genüsslich kaut Alexander seine Kirsche.

Plötzlich weiten sich seine Augen entsetzt: „Kern weg. Jetzt im Magen."

Alexander: Der erste Flug

Juli 2002

Zum ersten Mal soll Alexander fliegen. Natürlich nicht allein, sondern mit Oma Anne.

Ausgesprochen aufregend, so eine Reise.

Alexander hat kaum Zeit, sich von seiner Mama zu verabschieden, die ihn zum Flughafen gebracht hat.

Viel wichtiger ist, ob der Buggy und der Autositz ordnungsgemäß verladen werden.

Das Flugzeug selbst findet auch keine 100 % Zustimmung vor „seiner Gnaden" Augen. Alexander bemängelt die viel zu kleinen Fenster.

Später darf er dem Cockpit einen Besuch abstatten.

Er erklärt den beiden Piloten, sie hätten wahnsinnig viel Glück, so schöne große Fenster zu haben, während er … na ja, lassen wir das.

Gerade noch so okay für Alexander ist, dass der „Co" ein Mann ist und nicht, wie in seinem Buch, eine Pilotin.

Zum Glück ist Alexander an Bord. So erfahren die beiden Piloten endlich, wie ihr Flugzeug eigentlich funktioniert:

„Das ist ein Kopfhörer, das ist ein Funkgerät, da kann man mit den Lotsen sprechen!"

Alexanders Papa ist Fluglotse, deshalb kennt sich der Filius natürlich in der Materie aus.

Alexander: Gartenarbeit

Alexander und sein Opa arbeiten im Garten.
Alexander darf mit einer kleinen Kinderschere vorsichtig die Hecke schneiden. Bald beginnt er aber mit der Schere in den Ritzen des Pflasters herumzustochern.
Sein Opa erklärt ihm, davon würde die Schere stumpf, dann könne man nicht mehr Hecke schneiden.
Alexander nickt, alles klar, er hat verstanden.
Der Opa will reingehen, es ist schon spät, aber nein, der junge Herr möchte noch nicht.
Opa kann schon reingehen, meint Alexander, er arbeite noch weiter, weil er noch so viel zu tun hätte.
Der Opa geht, schaut aber vom Kellerfenster aus zu, was sein Enkel so anstellt.
Natürlich in den Ritzen herumbohren, was sonst.
„Alexander, was hat der Opa gesagt? Nicht in den Ritzen rumstochern!"
Alexander bricht stante pede in lautstarkes Gebrüll aus. Nicht das Schimpfen oder das Ende seiner Arbeit empören ihn, nein.
Dass sein Opa ihn heimlich vom Kellerfenster aus beobachtet hat, erdreistet ihn über alle Maßen.

Alexander: Die Dinosaurier

Herbst 2002

Eines von Alexanders Lieblingsbüchern im Alter von zwei Jahren ist das Eisenbahnbuch, das sein Papa ihm geschenkt hat. Gerade bei längeren Aufenthalten in der Fremde, wie bei Oma und Opa, muss das Buch unbedingt mit.

Besonders interessant findet er die Rückseite des Buches, auf der alle anderen Titel der Reihe mit Miniaturcovern abgebildet sind. So entdeckte er dort auch einmal ihm scheinbar sehr bekannte Tiere.

„Wauwaus", behauptete er. Seine Mama erklärte ihm, dies seien keine „Wauwaus", sondern Dinosaurier, Tiere, die schon lange ausgestorben, sprich tot, sind. Das wurde kommentarlos zur Kenntnis genommen.

Eines Tages besuchte Alexander wieder einmal seine Großeltern in München. In einer ruhigen Stunde saßen Alexander und sein Opa gemütlich im Sessel.

Sie lasen, wie sollte es anders sein, das Eisenbahnbuch. Selbstverständlich erklärte unser kleines „Schneckerl" seinem Opa auch die Rückseite.

Fasziniert glitt sein Finger über die einzelnen Bilder: Eisenbahnen, Flugzeuge, Feuerwehr und natürlich Dinosaurier. Die wurden allerdings nur mit einem müden Ton, reserviert für die **wirklich** unwichtigen Dinge im Leben, kommentiert:

„Dinosaurier. Alle tot!"

Alexander: Der Bierlaster aus Aldersbach
Herbst 2002

Von einer unserer „Einkaufsfahrten" nach Niederbayern haben wir Alexander ein Spielzeug mitgebracht, einen kleinen Lastwagen der Brauerei Aldersbach samt Anhänger.

So manches Mal fährt nun das Auto durch diverse Küchen und Flure und transportiert Bier von Aldersbach nach München.

Alexander weiß auch ganz genau, wer welches Bier trinkt: Weißbier ist für Onkel Gunter, Dunkles und Pils für Tante Bine.

Mein Pech ist, dass mein Bier im Anhänger transportiert wird, Onkel Gunters dagegen im Laster.

Da dieses Auto eigentlich nur Dekoration und kein Spielzeug ist, erleidet der Anhänger leider diverse Unfälle auf seinen Fahrten von Aldersbach nach München.

Aber Alexander bleibt hart. Auf gar keinen Fall kann Tante Bines Bier im Laster transportiert werden, nur im Anhänger. Schließlich ist **da** das Bild drauf.

Die Mama schimpft, als sie gefühlt zum 387. Mal an einem Tag den Laster mit dem Anhänger verbinden muss: „So ein Klump."

Alexander erzählt in den nächsten Tagen jedem, der vorbeikommt, mit stolzgeschwellter Brust: „Tante Bine hat Klump mit'bracht!"

Alexander: Beim Umzug

November 2002

Alexander zerfetzt Verpackungsmaterial zu Konfetti, schmeißt es in die Luft und lässt es auf sich niederregnen.
Sein Papa kommt, packt alles auf einen Haufen, um diesen gleich wegzuräumen.
Schon auf dem Weg, um Schaufel und Besen zu holen, ermahnt er seinen Sohn:
„Alles schön da liegen lassen ..."
Alexander nickt und ergänzt:
„... sonst gibt's Ärger."

Alexander: Small Talk

Anfang 2003

Alexander ist zu Besuch bei Oma und Opa im hohen Norden. Mit ihnen geht er auf eine Feier.

Man macht „Small Talk." Alexander liebt so etwas.

In „Schickobello"-Klamotten gewandet, mischt er sich, lässig ein Glas Apfelschorle in der Hand haltend, unters Volk.

Die Leute stehen um ihn herum und unterhalten sich mit dem jungen Herrn:

„Wie geht es dir?"

„Danke, mir geht es sehr gut."

Er nickt bestätigend mit dem Kopf.

„Gefällt es dir bei Oma und Opa?" „Ja."

Ein Mann fragt: „Na, Alexander, weißt du, wo dein Opa arbeitet?"

„Ja, das weiß ich."

„Wo arbeitet er denn?" „Im Krankenhaus."

„Und was macht er da?"

Na, die wollen es heute aber genau wissen.

Seufzend gibt Alexander Auskunft:

„Er repariert Frauen!"

Alexanders Opa ist Gynäkologe.

Alexander: Mama bringt die Motte

Januar 2003

Fragen zur Geburt seines Schwesterchens beantwortet Alexander mit wissendem Blick:

„Die Mama bringt das Baby." „Wohin?" „Ins Krankenhaus." Wohin denn sonst, schließlich steht das genauso in seinem Buch.

Eines Nachts ist es dann soweit.

Nachdem Oma und Opa im Skiurlaub weilen, kommt Alexander, während des Babytransports durch die Mama, zu uns.

Alexander hat die Fahrt von zu Hause nach München komplett verpennt. Nur am Krankenhaus ist er kurz aufgewacht, hat seiner Mama versprochen, gleich bei Tante Sabine und Onkel Gunter weiter „Heia" zu machen.

Nachdem mein Bruder Alexander und dessen Bett abgeladen hat, holt er noch die Kiste mit Alexanders restlichem Hab und Gut. Der ist inzwischen soweit wach, dass er, wie eine Klette an mir hängend, seinem Onkel detaillierte Aufbauanweisungen für sein Bett geben kann.

Nachdem er sich von seinem Papa verabschiedet und versprochen hat, außerordentlich brav zu sein, beordert er seine gesamte Stofftier-„Robbengang" ins Bett, er hinterher. Und bevor ich ihm „Gute Nacht" sagen kann, schläft er auch schon wieder. Versprochen ist versprochen.

Gunter muss um 7 Uhr aufstehen, ich habe „babyfrei".

Pünktlich um 7 Uhr kräht ein völlig ausgeschlafener

Alexander, Tante Sabine soll kommen.

Gunter verfrachtet das putzmuntere Kerlchen in unser Bett zu seiner gar nicht munteren Tante.

„Alexander ist da!" „Mmmmh, wie schön."

„Wann steht Tante Sabine auf?"

„Wenn es draußen nicht mehr hellgrau ist."

„Wann ist das?"

„Wenn die Sonne scheint."

„Wann steht die Sonne auf?"

„Wenn die Sterne und der Mond schlafen gehen, schau mal, nur der Mond und noch ein einziger Stern sind noch zu sehen."

„Wann gehen die weg? Bald? Alexander ist wach, Tante Sabine auch?"

„Wenn Tante Sabine die Augen aufmacht, dann ist sie wach."

Alexander schmeißt sich mit Vehemenz auf seine arme Tante und beobachtet angestrengt, ob sich nicht vielleicht doch ein Auge öffnet.

„Alexander will aufstehen."

„Wenn's draußen hellgrau ist und die Sonne scheint …"

„Tante Sabine …" „Mmmh …"

„Muss die Sonne auch duschen, wenn sie aufsteht? … dann macht sie ihre Strahlen an, klack-klack – und dann ist sie fertig."

Aaah ja, jetzt wissen wir endlich auch das.

Draußen hört man das Klappern von Absätzen.

„Was ist das?" „Absätze von den Stiefeln einer Frau."

„Wohin geht die Frau?" „Zur U-Bahn."

„Warum?" „Sie fährt zur Arbeit."

„Klappern alle Schuhe so?"

„Nein, nur Stiefel und Pumps."

„Was sind Pumps?"

„Schuhe mit hohen Absätzen."

„Die klackern?" „Ja."

„Tante Sabine, hast du Pumps?" „Ja."

„Und Stiefel?" „Auch Stiefel."

„Hat auch Mama Tina Pumps?" „Ja, sie hat Pumps und auch Stiefel."

„Hat Alexander auch Pumps?"

„Nein, nur Frauen ziehen Pumps an."

„Hat Alexander Stiefel?"

„Ja, aber deine Stiefel klackern nicht."

Wutgeschrei ertönt.

„Alexander will auch Stiefel, die klack-klack machen!"

Da wird es draußen auf einmal hellgrau und wir stehen auf.

Alexander und Josephine

Natürlich möchte Alexander seine kleine Schwester sehen. Auch ein Geschenk hat er für sie mitgebracht. Monatelang hat er gewartet, Pläne geschmiedet, was man alles mit der kleinen Schwester spielen kann.
Und jetzt liegt sie in ihrem Krankenhausbettchen. Alexander betrachtet fasziniert die kleinen Hände und Finger, und findet es super, dass Josephine soviel kleiner ist als er.
Ein Baby halt, währenddessen Alexander nach eigenem Bekunden schon ziemlich groß ist.
Sein erklärtes Ziel ist es, „so groß wie Onkel Gunter zu werden."

Oma, Mama und Papa betrachten versonnen die kleine Josephine: „Schau mal, das süße winzige Ohr", flötet die Oma.
Blitzschnell packt Alexander, der auf Zehenspitzen stehend gerade über den Bettchenrand schauen kann, den Kopf seiner Schwester und dreht ihn um.
Außerordentlich sanft und vorsichtig, versteht sich.
Alexander indessen verkündet stolz, Josephine habe nicht nur ein, sondern sogar zwei so süße Ohren.
So gewöhnt sich die Kleine schon früh an die raue, aber herzliche Behandlung durch ihren großen Bruder.

Mit seiner Mama kümmert er sich zu Hause auch um die kleine Schwester, am liebsten natürlich beim Baden.

Allerdings ist er nicht immer mit seiner Josephine einverstanden:
Ist Besuch da und alle sitzen am Tisch und essen gemeinsam (Alexander liebt das), bekommt die kleine Schwester unweigerlich in diesem Augenblick Hunger. Da verlangt er dann schon kategorisch:
„Mama, lass die Kleine da auf der Couch liegen."

Aber die Verbundenheit und Liebe zu „unserer Kleinsten" wächst von Tag zu Tag:
Auf der Geburtstagsfeier meiner Cousine hält eine ihrer Freundinnen die plötzlich hungrige Josephine fest, damit ihre Mama fertig essen kann.
Alexander bricht in Tränen aus und fordert vehement:
„Die Frau soll Josephine hergeben, das ist Mamas Baby."
Auch andere, die seine „Motte" betrachten, werden misstrauisch beäugt. Nur Familienmitglieder und Freunde dürfen Josephine halten und herzen.
Sonst macht Josephines kleiner Ritter großes Theater.

Die Mama putzt im Erdgeschoss. Alexander spielt und wuselt überall herum. Josephine schläft in ihrem Zimmer. Plötzlich hört die Mama komische Geräusche aus dem Babyphon. Beunruhigt eilt sie die Treppe nach oben.
Die komischen Geräusche entpuppen sich als ratternde und tutende Lok, deren Schienen Alexander quer unter Josephines Bettchen verlegt hat.
Während der Zug zischend und schnaubend seine Kreise dreht, steht Alexander auf Zehenspitzen an ihrer Wiege.
Der aufmerksam lauschenden Motte wird die Welt erklärt:
„Und dann hält der Zug am Bahnhof und alle steigen aus und ein, dann kommt gleich eine Schranke …"

Auch wenn Alexander meist sehr besorgt um seine Schwester ist, kommt es auch zu folgender Situation: Josephine ist in ihrem Zimmer vom Mittagsschlaf erwacht und schreit.

Dank Babyphon hört man das im Wohnzimmer, in dem die Mama und Alexander spielen.

Als sie aufspringt, um Josephine zu holen, packt Alexander sie kopfschüttelnd am Arm:

„Mama, lass die Motte schreien!"

Nanu, ist Alexander auf einmal so herzlos geworden? Nein, aber das Geschrei seiner kleinen Schwester, „live" ins Wohnzimmer übertragen, fasziniert ihn.

Männer und Technik!

Alexander und das Klo

Januar/Juni 2003

Einer von Alexanders Freunden besitzt ein winziges Kinderfahrrad. Das findet Alexander wirklich toll, so eines möchte er auch haben, mit Stützrädern und einer gaaanz lauten Klingel. Tja, die Sache hat nur einen Haken:
Der Papa verspricht ihm so ein Fahrrad zu kaufen, wenn, ja, wenn er schön auf's Töpfchen oder Klo geht.
Zu blöd, die Geschichte. Mit der Windel, das ist ja so bequem, aber auf der anderen Seite, so ein Fahrrad wäre schon wirklich eine Schau.
Zwei, drei Tage überdenkt Alexander das Problem, dann präsentiert er seinem Papa die Lösung:
„Alexanders Windel ist sein Klo!"
So, Papa, und jetzt her mit dem Fahrrad.

Leider sahen Mama und Papa die Sache etwas anders. Hartnäckig bestanden die Erwachsenen auf die Benutzung des Klos. Aber Alexander wollte das Fahrrad unbedingt.
So rannte er eines Nachmittags mitten unterm Spielen ins Gästeklo. Dort erledigte er dann sein „Geschäft".
Auf den „Vorwurf" seiner Mama, er hätte ja schon wieder „Aa" in die Windel gemacht, konterte er, was sie schon wieder hätte, er wäre doch dazu auf's Klo gegangen.

Viele „Belohnungs-Gummibärle" später klappte es dann

endlich. So verkündete Alexander einmal einer versammelten Festgesellschaft:
„Die Nieren haben gut gearbeitet, meine Blase ist voll, Alexander muss auf's Klo."

Alexander ist sehr stolz auf sich, dieses schwierige Unterfangen gemeistert zu haben. Er hilft Mama und Papa Unmengen Geld zu sparen, das sofort in Josephines Windeln reinvestiert werden kann.

Stolz müssen die neuerworbenen Fähigkeiten demonstriert werden. So wird lautstark nach Tante Sabine gerufen. Bewundern soll sie den Dreikäsehoch und natürlich auch unterhalten. Besonders angetan haben es ihm meine neuen Schuhe mit Noppen. Autofahrerschuhe, sehr interessant!

Auf die wiederholt gestellte Frage seiner Mama, ob er denn nun endlich fertig sei, weil sie nach Hause müssten, antwortet er:

Nein, das „Aa" sei noch nicht fertig, er warte noch darauf. Ob er denn meine Schuhe anziehen darf? Selbstverständlich! So sitzt dann der Hemdenmatz, nur mit einem T-Shirt und acht Nummern zu großen Schuhen bekleidet, auf seinem Töpfchen – und fährt Auto. Dröhnend und quietschend wird Gas gegeben, um Kurven gebraust und gebremst. Das alles mit vollem Körpereinsatz. Auf dem Töpfchen gefährlich hin und her schwankend.

Schon wieder unterbricht die Mama die Idylle mit der Frage an den inzwischen zu völliger Reglosigkeit erstarrten Alexander, ob man jetzt endlich fahren könne. Ein vorwurfsvoller Blick trifft sie:

„Nein, Mama, die Ampel ist rot, da darf man doch nicht fahren!"

Alexander: Die Nadel

April/Mai 2003

Alexander ist zu Besuch bei Oma und Opa in München. Mit seinem Bobbycar und dessen Anhänger begleitet er seine Oma zum Einkaufen.

Auf dem Rückweg erkundigt er sich, was das denn wäre, was da so auf dem Boden rumliegt.

„Tannennadeln", erklärt ihm seine Oma. Ah ja!

Sie geht schon voraus, während Alexander noch diese interessanten Teile inspiziert und einige Exemplare auf seinen Anhänger auflädt.

Wieder daheim findet sie Alexander bald darauf ganz in eine Arbeit vertieft.

„Alexander, was machst du denn da?"

Ein Teil Schnur in der Hand haltend, blickt er leicht frustriert auf:

„Oma, die Schnur soll durch die Tannennadel, aber es geht nicht!"

Alexander: Frühstück

Eines der geliebten Rituale bei Oma und Opa in München ist das ausgiebige Frühstück.
Alexander versucht gerade mittels seines Kindermessers die Semmel mit Butter zu beschmieren.
Sehr schwierig, höchste Konzentration ist gefordert.
Der Opa hingegen albert herum, macht Faxen und versucht Alexander zu kitzeln.
Alexander schaut seinen Opa ganz streng an und meint dann mit tadelnder Stimme:
„Opa, ich arbeite doch mit dem Messer."

Alexander: Farbwechsel

Juni 2003

Zusammen mit seiner Oma geht unser junger Herr einer seiner bevorzugten Tätigkeiten nach:
U-, S-Bahn, Bus und Tram fahren. Vor allem zum Bahnhof: IC, ICE, Interregio, so viele schöne Züge.
Stundenlang kann Alexander sie anschauen oder mit U- und S-Bahn in der Gegend herumfahren.
Aber jeder Spaß hat einmal ein Ende und die zwei machen sich auf den Heimweg. Zum Abschluss ist noch einmal Straßenbahn fahren angesagt. Alexander liebt es am Fenster zu sitzen und rauszuschauen.
Es ist aber alles noch ein bisschen zu hoch für ihn, deshalb will er sich immer lieber auf den Sitz knien. Seine Oma erklärt ihm, dass man die Schuhe nicht auf die Sitzfläche legen darf.
„Stell dir mal vor, da kommt ein Mann, der hat eine helle Hose an und will sich auf den Platz setzen ...“
„... dann hat er keine helle Hose mehr an, sondern eine swarze!“

Mit Alexander im Tierpark

August 2003

Mein Patenkind stellte seine Familie auf eine harte Geduldsprobe, indem er jeden Satz und jede Äußerung mit einem „Warum" hinterfragte. Damit trieb er uns alle zur Verzweiflung.

Dennoch „wagte" ich einen Tierparkbesuch, seinem ersten.

Bis wir auch nur in die Nähe des Eingangs kamen, hatte ich schon lässig mindestens hundert Fragen beantwortet. Meine Kehle war ausgetrocknet und meinen Stimmbändern schwante Schreckliches.

Warum sind hier kleine Steine am Ufer (der Isar) und nicht Erde, wie bei den Flößen an der Floßlände?

Warum steht ein Bierkasten dort im Wasser?

Warum ist ein Elefant auf den Schildern zum Zoo?

Gehen alle diese Leute in den Tierpark, usw. und so fort.

Interessant war auch der Bagger, der sich im Eingangsbereich zu schaffen machte. Mein kleines „Nerverl" hatte schon die nächste Frage „in petto".

Warum der Eingangsbereich neu gemacht wird und warum die Leute dafür den Bagger bräuchten?

Kurze Zeit später („Tante Sabine, warum schwimmen die Enten so schnell und der Schwan nicht?") vor dem Bärengehege. Ich hatte noch keine Zeit, mich mit dem Tierparkführer zu befassen, den ich extra gekauft hatte. Eine Gruppe kleiner Kinder samt ihrer Eltern stand locker verteilt um uns herum, als Alexander mit einer neuen Fragekanonade begann:

„Was fressen die Bären?"

Schnell im Kopf nach alten Biologiekenntnissen gekramt. Gespannt lauschten Mütter und Väter der Krabbelgruppe auf meine Antwort:

„Bären sind Allesfresser, das heißt, sie fressen Früchte, Gras, Fleisch und auch Fisch." Ah ja!

Ein munter vor sich hinplätscherndes Bächlein floss durch das Gehege. Warum ist hier ein Bach? Baden Bären gerne? Also er, Alexander, schon.

Hilfesuchend um mich schauend, entdeckte ich eine Tafel am Gehege, die Auskunft gab:

„Ja, Braunbären baden gerne und angeln sich dabei so manchen Fisch. Sie erwischen dabei aber nur alte und kranke Fische!"

Mmmh, Alexander nickt verstehend. „Ja, aber werden sie dann nicht auch krank, wenn sie kranke Fische fressen?"

Oh Gott! Was antworte ich jetzt? „Nein, weil die Fische eine Fischkrankheit haben, die macht den Bären nichts."

Beruhigt können wir nun die Bären verlassen. Wir besuchen die Pinguine und die Eisbären, hoch interessant ist die Robbenfütterung („der sieht aus wie Robin und der wie Robins Freund Joschi" in seinen Bilderbüchern). Super sind der Abenteuerspielplatz und die schwankende Hängebrücke, die Alexander sich zu überqueren traut, worauf er sehr stolz ist. Auch die Löwen sind toll.

Tief betrübt ist er hingegen, weil das Elefantentraining wegen Hitze ausfällt. Aber badende Elefanten versöhnen ihn etwas. Als die Elefantenbabys sich gegenseitig ins Wasser schubsen, würde Alexander am liebsten mitmischen. Er badet sehr gerne, ob ich das schon wüsste? Aber ja doch.

Es ist wirklich ein super heißer Tag im Sommer 2003. Ganz oft machen wir Pause, trinken und essen etwas.

Alexander sitzt auf einer Bank vor dem Kängurugehege und stopft genüsslich Weintrauben in sich rein. Ein junges Pärchen hat neben uns Platz genommen.

Ich sitze, die Tafel mit den Informationen im Blick, neben dem versonnen vor sich hin kauenden Alexander, die nächsten Fragen schon vorausahnend.

Man darf ihm keinen Blödsinn erzählen, da er über kurz oder lang sein Wissen kundtut und jedem auch gleich freimütig berichtet:

"Das hat mir … erzählt."

„Tante Sabine, wie weit springt ein Känguru?"

Ein kurzer Blick auf die Tafel. „Bis zu acht Metern."

„Und wie hoch?" „Bis zu drei Metern."

„Wann springt das Känguru endlich so weit?"

„Wenn es Lust dazu hat."

„Wann ist das?" „Heute nicht, glaube ich, es ist viel zu heiß, um hoch und weit zu springen."

Eine kurze Pause tritt ein, während der sich Alexander damit abfinden muss, dass sich wohl keines der Kängurus bereit erklärt, spontan für ihn rekordverdächtige Sprünge abzuliefern.

„Tante Sabine?"

„Mmmh?"

„Wohin fährt das Känguru in den Urlaub?"

Während der junge Mann neben mir haltlos prustend von der Bank gleitet, stehe ich vor dem Problem, auch für diese Frage eine passende Antwort zu finden.

Zum Glück scheint sie ihn zufriedenzustellen:

Kängurus arbeiten nicht, also haben sie auch keinen Urlaub, und wir können endlich weiterspazieren.

Bis die Sonne untergeht oder die arme Tante, mit kaputten Stimmbändern, die Segel streichen muss.

Alexander: Die Hempels

Die Weihnachtsfeiertage stehen bevor.
Alexander ist zu Besuch bei Oma und Opa. Gemeinsam treffen sie Vorbereitungen für den Heiligen Abend. Zunächst wird natürlich der Christbaum besorgt. Dann wird er feierlich geschmückt, d. h., Alexander häuft alle Strohsterne auf eine Seite und findet das „sööhn".
Es dauert so seine Zeit, bis der Baum endlich in festlichem Glanz erstrahlt.
Nach der Aufstell- und Schmuckorgie sieht das Esszimmer ein klein wenig derangiert aus. Leere Schachteln stehen auf dem Boden, Seidenpapier quillt aus Kartons, Bänder, Kerzen und kleine Äpfel liegen auf Tisch und Stuhl.
Die Oma schlägt die Hände über dem Kopf zusammen und meint mit gespielter Empörung:
„Mein Gott, hier sieht's ja aus wie bei Hempels unterm Sofa."
„Jaa", stimmt Alexander kopfschüttelnd zu, ob dieses Chaos, dessen Hauptverursacher eindeutig er war,
„ganz schrecklich".
Dann folgt eine kurze Pause:
„Du, Oma, wer sind denn diese Hempels, die kenn' ich gar nicht!"

Alexander: Der Kartoffelbrei

Winter 2003

Wieder einmal trifft sich die Familie zum gemeinsamen Essen.

Natürlich muss Alexander, der für sein Leben gern kocht, seiner Oma helfen. Vor allem bei der Zubereitung des Kartoffelbreis.

Nachdem die gekochten Kartoffeln unter erheblichem Aufwand geschält wurden, wurden sie anschließend in der Presse zermatscht. Der wichtigste Mann an der Presse: natürlich Alexander.

Auf einem Stuhl stehend, sieht er sich fortlaufend den Anweisungen seiner Oma ausgesetzt („Vorsicht, nicht so schnell, pass auf" etc.). Und das, wo doch **er** der maßgebliche Koch ist.

Wieder wandert eine Kartoffel, die letzte, in das Gerät. Unter viel Lärm schließt sich die Presse.

Da entdeckt die Oma plötzlich noch eine Kartoffel.

„Halt, Alexander, da ist noch eine Kartoffel, die muss auch noch mit rein."

Alexander schaut seine Oma mit einem todernsten, bedauernden Blick an und meint:

"Zu spät, Oma, zu spät. Die Presse ist zu, da geht nichts mehr, leider!"

Alexander: Faschingsdienstag

Am Faschingsdienstag gibt es traditionell selbst gemachte Krapfen bei meinen Eltern.

Wie jedes Jahr entbrennt auch dieses Mal die übliche Diskussion: Welche Marmelade stellt die einzig wahre Füllung für einen Krapfen dar? Die Meinungen sind gespalten. Jeder vertritt die Position des Vorjahres, einig wird man sich nie. Einige favorisieren Kirsch, Gunter und ich sind für Hagebutte, für Mama, Papa und meine Tante, ist Johannisbeere die einzig mögliche Option, da diese Marmelade schon von der Oma verwendet wurde.

Alexander ist das völlig egal. Er kaut an seinem 9. Krapfen, plädiert dann aber auch für Kirsch, weil das Mama und Papa am besten schmeckt. Mit Kennermiene, basierend auf jahrelanger Erfahrung, gibt er sein Voting ab.

Josephine indessen ist in ihrer „Mammammam"-Phase. Wehe, die Mama bewegt sich 10 cm weg oder verlässt gar den Raum. Bitterliches Weinen oder sogar Wutgeschrei sind die Quittung.

Die Mama holt nur ein bisschen Wasser für die Motte – und sofortiges Gebrüll ist die Folge.

Meine Tante fragt den still vor sich hinkauenden Alexander:

„Alexander, warum weint denn deine Schwester so?"

Alexander blickt nachdenklich vor sich hin und meint dann:

„Gute Frage!"

Alexanders Geburtstag

Februar 2004

Die ganze Familie hat sich zu diesem Anlass versammelt. Auch Meike mit Sofia und Elias ist zu Besuch.

Nach dem Abendessen, ziehen sich Sofia und Alexander auf das Sofa zurück. Zuerst spielen sie „Familie".

Dabei werden fast rituelle Waschungen durchgeführt. „So, die Beine und jetzt noch den Popo, das ist ganz wichtig", kommandiert Sofia.

„Jetzt bin ich dran", ruft Alexander, "jetzt wasche ich dich." „Nein, nein", wehrt Sofia ab, „ich bin gar nicht schmutzig."

Nachdem diese Angelegenheit hinreichend geklärt ist, wendet man sich den essenziellen Problemen der Haustechnik zu:
„Die warme Luft kommt da raus und steigt nach oben und dann …"
Sofia hört interessiert zu, wagt einen Einwand oder stellt gar die ein oder andere vermessene Frage.
Alexander nickt weise wie ein alter Mann.
Schließlich meint er resignierend seufzend:
„So ist halt das Leben!"

Alexander: Die Feuerwehr

Frühjahr/Sommer 2004

Feuerwehrmann spielen ist um die Zeit seines 4.
Geburtstags Alexanders Lieblingsbeschäftigung.
Vor allem seine beiden Omas zählen zu seinen
favorisierten Kollegen. Das Spiel geht so:
Die „Feuerwehrmänner" sitzen auf dem Sofa, Sessel oder
Kachelofen, d. h. auf ihren „Betten". Alexander wünscht
„Gute Nacht und süße Träume!" Man wünscht dasselbe
zurück. Fast gleichzeitig beginnt das große
Schnarchkonzert …
… das ziemlich unsanft von Alexanders „Alarm, Alarm"-
Gebrüll unterbrochen wird. Zuerst wird der „Alarm" mit
einem lauten „Klack" ausgeschaltet.
Dann wird entweder der Horizont mit einem imaginären
Feldstecher nach Rauch abgesucht oder es kommt die
harsche Anweisung aus der Zentrale, an der
Autobahnausfahrt Westerstede rechts, links, noch mal
rechts und dann geradeaus zum Brand in der
Fürstenriederstraße in München zu fahren.
Laut „Tatütata" schreiend, rennen wir um den Tisch oder
gleich kreuz und quer durchs Zimmer.
Am Brandherd angekommen werden selten Menschen,
oft aber Tiere wie Hunde, Katzen, Papageien, sogar
Eselmamas samt Babys gerettet.
Auch ganze Mäusefamilien bis hin zum Cousin dritten
Grades, beinahe schon sichere Opfer der Flammen,
werden unter großem Einsatz und lautem Beifall der
Zuschauer in Sicherheit gebracht.

Das Feuer wird nun ratzfatz wahlweise mit Wasser oder Schaum, „schschsch" schreiend und permanent auf der Stelle auf und ab hüpfend, gelöscht. Sofort geht es wieder zurück zur Wache, um wieder in einen kurzen „Gute Nacht und süße Träume"-Schlaf zu sinken.

Nach zwei Stunden Dauereinsatz hatte ich genug. Alexander wollte mich von meiner Teetasse weglocken und versuchte, mir sein Lieblingsspiel erneut schmackhaft zu machen.
Bei seiner verfrorenen Tante zog doch bestimmt folgendes Argument:
„Da kannst du dich dann an den Kachelofen setzen, da ist es warm und gemütlich – aber nur, bis der nächste Alarm kommt."

Aber selbst „Feuerwehrmann" Alexander betreibt seine Arbeit nicht mit gleichbleibendem Enthusiasmus.
Es kann schon sein, dass er zu seinem Kollegen sagt, kaum dass der Alarm ertönt:
„Bist du auch noch so müde? Ich glaub, wir schicken die Kollegen von der anderen Wache, oder noch besser, wir schicken gleich das Flugzeug!"
Sprach's und schnarchte weiter.

Alexander: Grüße aus dem Schnee

März 2004

Aus jedem Urlaub schicke ich meinem „Schneckerl"
natürlich eine Postkarte. Meistens mit vorher sorgfältig
ausgewählten Motiven. „Bitte schick mir eine Karte mit
einer Eisenbahn, einem Schiff, der Bella Rimini oder
Windmühlen."

Selbstverständlich ist er sehr stolz, wenn der Postbote
eine Karte für den Herrn Alexander bringt. Aus dem
letzten Skiurlaub gab's mangels besserer Motive eine
Postkarte mit Schuss fahrenden Skifahrern von anno
dazumal. Aber was sollte ich schreiben?

„Das Wetter ist toll, der Schnee super", so eine Nachricht
interessiert einen Vierjährigen nicht wirklich.

Da ich Alexanders Faible für Maschinen jedweder Art
kenne, schrieb ich ungefähr Folgendes:

„Die Pistenraupen haben sehr viel Arbeit. Unter Flutlicht
richten sie bis spät in die Nacht die Skipisten wieder her,
damit man am nächsten Tag gut Skifahren kann."

Mein Text hatte aber nicht die gewünschte Wirkung.

Statt interessiert war Alexander sehr besorgt. An seine
Mama, die ihm die Karte vorgelesen hatte, hatte er
wichtige Fragen:

„Das Flutlicht, wenn das den Berg runtersaust, schwimmt
dann unser Haus auch mit weg?"

Die zweite Frage, die ihm Kopfzerbrechen bereitete, war:

„Die Pistenraupen, wenn die soviel Arbeit haben, wann
haben die dann Zeit sich zu verpuppen, um schöne
Schmetterlinge zu werden?"

Alexander: Bescheidenheit

Es ist Pfingsten. Wieder einmal trifft sich die Familie.
Ich habe eine Biskuitrolle gebacken. Alexander kann es wie üblich kaum erwarten, bis der Kuchen angeschnitten wird. Natürlich muss er das erste und auch größte Stück für sich ergattern.
Also schneide ich für meinen kleinen Kuchenfan eine ordentliche Scheibe ab.
Er will sich stante pede darauf stürzen, muss aber warten, bis alle etwas haben. Eine harte Zeit, die Verlockung so direkt vor den Augen. Mit der Kuchengabel, die er vorsichtshalber schon in der Hand hält, überwacht er die „Zuteilung" genau.
Dass nur ja keiner zu viel erhält, sprich ein Stück, das größer ist als seines. Oma und Opa bescheiden sich mit kleinen, Onkel Gunter erhält ein geringfügig größeres Stück.
Meine Scheibe ist allerdings fast so üppig wie Alexanders. Tränen stehen ihm in den Augen. Wie kann seine Tante nur sooo ein großes Stück essen?
Er muss, zumindest leisen, Protest einlegen, aber blöderweise hat die Tante ja die Biskuitrolle gebacken. Ratzfatz hat er seine Portion vertilgt. Energisch fordert er Nachschlag. Er will unbedingt noch mal soviel!
Das wird ihm aber verwehrt. Die Oma meint:
„Du hast doch schon so ein Riesenstück gehabt!"
Mmmh! Stimmt, aber der Kuchen mit den Erdbeeren und der Sahne ist halt einfach superlecker.

Alexander will unbedingt noch Nachschlag, da muss eine andere Taktik her, wenn's so nicht funktioniert. So gibt sich Alexander bescheiden:

„Ach, dann nehm' ich so ein kleines, wie Tante Sabine hatte."

Alexander: In Opas Werkstatt

Pfingsten 2004

Ich habe mein Kaufmannsladen-Modell mit nach Laim gebracht, damit mein Papa die Bodenplatte passend für den neuen Standort absägen kann.

Schließlich ist der Opa unter Assistenz von Onkel Gunter bereit, das Werk zu beginnen. Obwohl furchtbar beschäftigt, rast Alexander wie ein Irrer in den Keller, als er mitbekommt, dass der Opa anfangen will. Das muss er sehen, da muss er mit dabei sein.

Die Säge jault auf, die Späne fliegen durch den Raum. Fasziniert schaut Alexander zu. Arbeit an „gefährlichen" Maschinen, dafür ist er immer zu haben. Opa und Onkel Gunter sind fast fertig.

Ich meine nur: „Gott sei Dank, was für ein schrecklicher Lärm! Meine Ohren sind schon ganz taub! Und schau mal, wie der ganze Staub durch die Luft wirbelt!"

Diese Klagen finden aber bei meinem Schneckerl kein Gehör. Alexander blickt mich strahlend an und meint inbrünstig:

„Ich liiieebe Lärm! Und ich liebe Staub!"

Alexander in Italien

Alexander ist ja ein alter Italien-Reisender. Er kennt sich aus, überall, während Josephine, na ja, sie ist halt die kleine Schwester, mit Betonung auf klein.

Wir wohnen in verschiedenen Stockwerken. Der junge Herr ist sehr stolz darauf, dass er sich alleine im Hotel zurechtfindet, und holt uns immer ab.

In der Früh, vorzugsweise gegen dreiviertel acht, zum Mittag- und Abendessen. Mein „Geschminke" beobachtet er immer noch aufmerksam und würde das am liebsten an seiner Mama ausprobieren. Wäre alles kein Problem, er weiß genau, wie alles funktioniert. „Fachbegriffe" wie Mascara, Eyeliner und Gloss kommen ihm flüssig über die Lippen.

Selbstverständlich erscheint er auch zum Siesta-Ende, eine blöde Idee der Erwachsenen, die er nur zu gerne ausfallen ließe. Seine „Siesta" dauert im Durchschnitt drei Minuten, bei der er mit „Augen auf schläft wie ein Krokodil".

Silvano, der Hotelier, teilt uns beim Zimmerbezug mit, dass unser Toilettendeckel heute kaputt gegangen wäre und wir gleich am nächsten Tag, Montag, einen neuen bekommen würden.

So war's dann auch. Nur, der neue hielt nicht richtig. Ständig rutschte und wackelte man hin und her. Gunter versuchte immer wieder den Sitz zu justieren, aber vergeblich. Spielend gelang mir sofort die Demontage. So schimpfte er gerade wieder mit mir, als Alexander uns abholte. Der meinte nur:

„Das schau ich mir mal an, da lässt sich sicher was machen."

Sprach's und marschierte ins Bad. Dort klapperte er ein bisschen mit dem Deckel herum, murmelte in seinen nicht vorhandenen Bart und tauchte wieder in der Tür auf. Lässig am Türrahmen drapiert, verkündete er uns dann die frohe Botschaft:

„Kein Problem. Da hauen wir zehn Nägel rein, dann hält das!"

Doch seine liebe Tante meinte zweifelnd:

„Zehn Nägel? Ich glaub ja nicht, dass das hält."

Immer diese Zweifler. Seufzend verschwand er wieder, rüttelte abermals am Deckel. Daraufhin stolzierte mein Schneckerl gewichtig ins Zimmer und nahm auf der Bettkante Platz.

Komplizierte handwerkliche Vorgänge einer Frau zu erklären, das dauert einfach seine Zeit. Und vor allem bei so begriffsstutzigen Wesen wie seiner Tante.

„Also wir bohren da ein Loch, dann stecken wir ein kleines Holzstückchen rein und hauen auch noch einen Nagel rein. Dann hält's aber ganz bestimmt!"

Josephine: Einfach weg

Wir feiern Geburtstag. Die illustre Gästeschar hat sich rund um den großen Esstisch versammelt. Nur das Geburtstagskind fehlt noch.

„Ja, wo ist sie denn, gerade war sie doch noch da? Jetzt ist sie schon wieder weg!", fragt jemand.

„Nein", kräht es aus dem Hochstuhl an der Stirnseite des Tisches. Josephine schüttelt energisch ihr Köpfchen. „Mama nicht weg", meint sie und deutet mit dem Finger. „Mama da – Küche."

Alexander und das Christkind

Wieder einmal geht ein turbulentes Jahr zu Ende. Langsam wird es Zeit, sich Gedanken um Weihnachten zu machen.

Die Mama stellt dem Herrn Sohn Fragen zu seinen Wünschen. Prinzipiell kann er ja den ganzen Spielzeugkatalog von A bis Z brauchen. Lange und gründlich denkt Alexander nach. Schließlich präsentiert er erste Ergebnisse

„Zum Geburtstag (Ende Februar) wünsch' ich mir von Marc eine Kinderkreissäge und von Tante Sabine und Onkel Gunter ein U-Boot, das richtig tauchen kann und in das meine Playmobilfiguren reinpassen!"

„Aber Alexander, jetzt kommt doch zuerst Weihnachten. Ich wollte doch wissen, was du dir vom Christkind wünscht."

„Das weiß ich schon, Mama! Aber ich wünsch' mir das lieber von Tante Sabine und Marc. Da weiß ich sicher, dass ich das dann auch bekomme."

Ahhh ja, sehr clever, junger Freund!

Mit dem Christkind ist das ja immer so eine Sache.

Man muss das ganze Jahr über schrecklich artig sein, eine schwere Bürde für den jungen Herrn.

Denn ab und zu haben wir die kleine Schwester schon ein bisschen geärgert und geschubst, nicht wahr?

Die Wünsche an Onkel und Tante weiterzugeben, erscheint da schon die eindeutig sicherere Methode zu sein, ans Ziel zu gelangen.

Alexander: Die Kleine

Dezember 2004

Alexander und seine kleine Schwester Josephine sind zwar oft wie Hund und Katz, hängen aber dennoch sehr aneinander. Der große Bruder ist oft der Einzige, der „Mottes" Kauderwelsch verstehen kann. Er fungiert quasi als Übersetzer.

„Josephine will das und das haben." Bis „Ofine will" kommen wir meist noch, dann setzt es mit unserem „Verständnis" meistens aus. Die junge Dame gerät aber sehr schnell in Wut, wenn man sie nicht versteht. Dann muss Alexander einspringen und ihre Wünsche übersetzen.

Aber nicht nur das Dolmetschen funktioniert.

Alles, was Alexander ihr vorsagt, plappert die junge Lady sofort, und meistens sogar richtig, nach.

Auch seine neu erworbenen Englischkenntnisse werden umgehend an sie weitergegeben:

„Josephine, sag mal greeeen, das heißt grün."

Gehorsam, wie ein Papagei, wiederholt Josephine „greeen". „Und was heißt das?", fragt der strenge Herr Lehrer. „Grün", kommt zirpend die Antwort.

Solche Perlen der Weisheit nimmt Josephine andächtig nickend auf. Mit großen Augen hört sie ihrem Bruder „Alesad" oder „Sander" zu, wenn er ihr für die Zukunft die großartigsten Dinge in Aussicht stellt.

„Und wenn du ganz groß bist, dann darfst du auch mal in meinem Bett schlafen." „Ja."

„Und auch ganz alleine hochklettern." „Ja."

Nach einem langen Tag, mit Spielen bei Tante Sabine und Onkel Gunter plus einem anstrengenden Weihnachts-Fotoshooting bei Oma und Opa, relaxen die jungen Herrschaften beim Malen.

Alexander malt einen Löwen aus. Josephine ist in ihrem Element, sie liebt Malen. Voller Hingabe kritzelt und schmiert sie auf ihrem Zeichenblock herum, malt vorgezeichnete Formen wie Kreise und Quadrate aus. Wir bewundern die Kunstwerke.

Alexander blickt kurz auf, wirft einen abschätzenden Blick auf das Gekritzel. Dann gibt er mit Kennermiene und etwas brüderlichem Stolz in der Stimme sein Statement ab:

„Ja, für ihr Alter ist das schon ganz gut."

Alexander: Ganz genau

Alexander soll zweimal bei uns übernachten. Ich habe Zeit mich um ihn zu kümmern, da ich einen eingegipsten Arm habe und nicht arbeiten kann.

Wie immer haben wir viel vor: mit der „Christkindltram" fahren, den Schlittschuhläufern am Stachus zuschauen, Schaufenster und den großen Christbaum am Marienplatz bewundern.

Mit Sack und Pack, sprich Koffer und Bett, reist Alexander an. Die Mama und Josephine „liefern" ihn und sein Equipment an.

Nach Kaffeetrinken, Spielen und Abendessen wollen sich Mama und das Fräulein wieder auf den Heimweg machen. Der junge Herr ist schon „bettfertig". Die Mama möchte sich verabschieden und noch ein paar ermahnende Worte mit auf den Weg geben. Aber Alexander kaspert herum.

„Alexander, schau mich an." Er albert weiter herum.

„Alexander, kannst du mich nicht anschauen?"

Er hört nicht, blickt an seiner Mama vorbei und lenkt ab. Die Mama versucht es anders:

„Welche Augenfarbe hab' ich denn?"

Das ist jetzt dann doch eine interessante Frage! Alexander blickt seiner Mama intensiv ins Auge.

Seine, zugegebenermaßen präzise, wenn auch nicht ausgesprochen charmante Antwort:

„Viel Weiß, grünblau, ein bisschen schwarz und außenrum ganz rot!"

Alexander: Alles für die Schönheit

Ein eingegipster Arm ist außerordentlich unpraktisch. Ein eingegipster linker Arm ist noch vertrackter, wenn man, wie ich, Linkshänder ist. Die morgendliche Prozedur des Waschens und Anziehens dauert dann schon mal schlappe 45 Minuten.

Meinem „Schneckerl", das zu Besuch weilt, um die Tante aufzuheitern, kann ich keine größere Freude bereiten, als ihn währenddessen in die Badewanne zu verfrachten.

Dort ist er einen Tag lang ein Containerschiff, am nächsten dann die Bella Rimini aus Italien, die mit einem Höchstmaß an Schwierigkeiten zu kämpfen hat:

von neuen Autoreifen, die montiert werden, damit das Schiff nicht an den Landungssteg kracht („Die muss man vorher noch mal aufpumpen und wer muss das wieder machen? Ich natürlich!") bis hin zu schwerer See und einer Mannschaft, die einen typisch italienischen Drang zur ausgedehnten Mittagspause hat.

Alexander findet meine Cremetöpfe und Tiegel im Bad sehr aufregend. Auch das Thema vorzeitige Hautalterung interessiert ihn brennend. Q10 und Collagene, das hat was. Er ist hocherfreut, als ich ihn mit Onkel Gunters Creme einschmiere, die mit Honig, eine echte Winnie-Puuh-Creme.

Durch unsere Urlaube in Italien weiß ich, dass er ein ausgesprochenes Faible für meine Make-up-Künste hat.

Da ich in der Christkindltram nicht wie ein überfahrenes

Eichhörnchen aussehen möchte, versuche ich wenigstens einen Hauch Wimperntusche aufzulegen.

Leise vor mich hin schimpfend, stehe ich deshalb vor dem Spiegel, um einen Hauch Tusche ordnungsgemäß auf den Wimpern zu platzieren. Mit rechts ein ungewohntes Unterfangen. Das ist wieder ein echtes Highlight für meinen jungen Gast. Völlig uneigennützig bietet er mir seine Hilfe an.

„Mit meinen Stiften daheim kann ich ganz toll Indianer schminken", preist er seine Künste an.

„Weißt du, Alexander, du schminkst dich ja für Fasching. Für jeden Tag muss man sich aber ganz anders schminken."

Alexander überlegt kurz. Dann hellt sich seine Miene wieder auf. Wenn's weiter nichts ist:

„Also, ich kann auch Pirat!"

Alexander: Wortakrobatik

Dezember 2004

Diskussionen um die „goldene Ananas", Wortgefechte, um spielerisch unseren Sinn für Rhetorik und Argumentation zu schärfen, wurden bei meinem Bruder und mir von Kindesbeinen an gefördert. Diese Freude am Umgang mit Worten und Sprache scheint sich vererbt zu haben:

Die Speisekammer sollte neu eingeräumt werden. Ein Unternehmen, das mehr Zeit in Anspruch nahm als geplant. Viele Dinge lagen noch auf dem Esstisch im Wohnzimmer.

Alexander war allein mit seiner Mama zu Hause. Natürlich bot mein „Schneckerl" der Mama seine unersetzliche Hilfe an. Gern wurde dies akzeptiert. Sie räumte ein, Alexander lieferte die Ware an.

„Alexander, kannst du mir bitte die Nudelpäckchen bringen, die auf dem Tisch stehen?"

„Ja, ich hol sie." Alexander schleppt zwei Päckchen Nudeln an.

„Was, nicht mehr?" Die Mama wundert sich. „Da waren doch noch mehr Nudeln."

„Mama, Du hast gesagt, ich soll die Päckchen, die auf dem Tisch stehen, bringen. Die anderen Päckchen, die **liegen** da."

Alexander: Die Einladung

Dezember 2004

Als wir am Tag vor dem Heiligen Abend einen Waschkorb voll mit Geschenke zu meinen Eltern bringen, empfängt uns Alexander aufgeregt am Fuße der Treppe. Er wedelt mit einem bekritzelten Blatt Papier herum, das mit einer halben Rolle Tesafilm umwickelt wurde.

„Hier, bitte", erklärt er stolz. „Das ist eine Einladung", fügt er erklärend hinzu, als wir ihn leicht verständnislos anblicken. „Zu meinem Geburtstag! Wir feiern im Hotel!"

Das ist ja ganz was Neues, aber nicht überraschend. Denn in diesem Jahr flatterten Einladungen zu vielen runden Geburtstagen ins Haus. Zudem hat Alexander ein ausgeprägtes Faible für Hotels, Restaurants und Schick-Essengehen. Seiner Oma hat er bereits mitgeteilt, dass es an seinem Geburtstag „im Hotel" für alle Geschnetzeltes mit Spätzle gäbe. Das amüsierte uns. Denn schon Alexanders Uroma, die er nie kennen lernte, bestellte jeden Sonntag dasselbe Gericht im Restaurant. Da stellt sich die Frage: „Vererben" sich Lieblingsgerichte?

Natürlich bedanken wir uns für die unerwartete Einladung. Meine Einwände, Essen im Hotel wäre doch ganz schön teuer und ob seine Eltern Bescheid wüssten, wischt Alexander mit einer ungeduldigen Handbewegung zur Seite. Mit hochgezogenen Augenbrauen und festem Ton in der Stimme gibt er zu Protokoll:

„Das ist ganz allein **meine** Entscheidung!"

Alexander: Farbenspiele

Dezember 2004

Es ist die Zeit zwischen den Jahren. Wir essen zusammen bei Oma und Opa.

Zum Nachtisch hat die Oma wieder etwas „Feines", wie Josephine sagt, zubereitet, Obstsalat. Alexander und sein Opa werden mit Plastiklöffeln ausgestattet.

Sie mögen den Obstsalat nicht mit Metalllöffelchen essen. Für Josephine hält die Oma beides bereit, einen Metalllöffel oder ihren alten blauen Breilöffel. Denn Mademoiselle hat gerne die Wahl. Heute entscheidet sie sich für ihren Breilöffel.

Der Opa meint zu ihr: „Josephine, du hast aber einen schönen rosa Löffel."

„Aber Opa", kommt es postwendend tadelnd von Alexander, „der ist doch blau!"

Alexander versteht nicht, dass seine kleine Schwester so die verschiedenen Farben „erkennen lernen" soll, und beantwortet die für seine Schwester gedachten Fragen immer selbst. Sein Papa nutzt die Gunst der Stunde, um Alexanders Englischkenntnisse zu verbessern, und fragt: „Alexander, was heißt Blau auf Englisch?"

Und bevor Alexander auch nur Luft holen kann, ertönt die Antwort seiner kleinen Schwester: „Blue! "

Alexander: Geburtstag

Wir feiern Alexanders Geburtstag nach.

Das Geburtstagskind ist noch etwas geschwächt von einem Magen-Darm-Virus. So ist er nicht wie sonst zu wilden Spielen bereit, sondern liegt noch leicht geschwächt gemütlich auf der Couch.

Dort interessiert er sich eingehend für Onkel Gunters neue digitale Kamera. Ein wundervolles Spielzeug.

So wundert es nicht, dass die Mama ein paar Tage später mit der Frage „Wann kommt der Onkel Gunter wieder?" konfrontiert wird.

Die Mama ist baff. Onkel Gunter soll zum Spielen kommen? Dieses Ansinnen hat Alexander ja noch nie gestellt. „Ich weiß nicht genau", antwortet sie

„Soll Tante Sabine auch mitkommen?"

„Jaaa, die kann auch kommen."

Was, keine Beifallskundgebungen für die liebe Tante wie sonst? Was ist passiert?

Die nächste Frage bringt Licht ins Dunkel: „Wenn der Onkel Gunter kommt, bringt er dann seine Kamera mit?"

Wir weilen unterdessen noch auf Alexanders Geburtstagsfeier. Während der relaxend auf der Couch liegt, haben sich die Gäste rund um den Tisch versammelt und unterhalten sich angeregt.

Josephine steht derweil selbstvergessen in der Mitte des Raumes und bohrt hingebungsvoll in der Nase.

Bald wird etwas zutage gefördert. Hingerissen inspiziert

Josephine ihre neueste Errungenschaft. Dann schmiert sie den Popel auf ihre Hose.

„Ääähh, Pfui Teufel!", rügt Tante Sabine.

„Tu das doch wenigstens in dein Taschentuch!", fordert Onkel Gunter.

„Nein!", meint das kleine Fräulein bestimmt und schüttelt den Kopf. „Taschentuch nur für Schnäuzen!"

Josephine: Mahlzeit

Frühjahr 2005

Alle haben einen Riesenhunger.
Die Oma hat Schweinsbraten gemacht mit zwei verschiedenen Knödeln und Kraut. Ein Festmahl. Alle langen kräftig zu. Tina nimmt sich noch einmal Blaukraut nach.
Da passiert's, Drama Baby: Etwas Blaukraut landet auf der Tischdecke. Uuuhh, Josephine schlägt entsetzt die Hände vors Gesicht und ruft:
„Mamma Mia, die Mama hat gegeckert!"

Thea: Der Hund

Frühjahr 2005

Thea, die kleine Tochter meiner Cousine, spaziert mit ihrem Kumpel durch die Nachbarschaft.

Beide noch etwas wackelig auf den Beinen, aber sehr unternehmungslustig.

Beide lernen auch gerade erst sprechen.

Die etwas schüchterne Thea „plaudert" noch weniger als ihr kleiner Freund.

Der bleibt vor einem Gartentürchen stehen, deutet auf das dahinter liegende Etwas und meint ehrfürchtig: „Wauwau!"

Thea blickt kurz auf den Hund, meint dann achselzuckend „Bernhardiner" und geht weiter.

Josephine in Italien

Juni 2005

Teppich- und Schmuckverkäufer laufen unentwegt vorbei und preisen ihre Ware an. Josephine fragt bei jedem: „Wie heißt der Mann? Wie heißt der Mann?"
„Das wissen wir nicht", antwortet die Oma. „Der hat sich uns nicht vorgestellt", gebe ich meinen Senf dazu.
„Er hat mich auch nicht gefragt, wie ich heiße", wirft Tina ein. Josephine schaut sie verständnislos an und meint dann: „Du heißt doch Mama!"
Ja, wie auch sonst.

Die Nachmittagspause ist vorbei. Josephine kommt von ihrer Siesta an den Strand zurück und schwenkt triumphierend ein Päckchen Zookekse. Großzügig verteilt sie ausgewählte Tiere an die Oma, den Onkel und die Tante. Der „liebe Onkel Gunter" erhält einen Hund, einen Hasen und schließlich ein Eichhörnchen. Das Tierchen springt munter in Onkels Hand auf der Strandliege und in der Luft herum. „Das Eichhörnchen springt von Baum zu Baum", erklärt Onkel Gunter seine etwas wirren Bewegungen.
Josephine blickt daraufhin angestrengt in die Packung und erklärt dann bedauernd: „Bäume sind nicht in Tüte."

Eine ältere Dame im Speisesaal streicht Josephine jedes Mal liebevoll über das blonde Köpfchen, streichelt ihre Wange und meint: „Che bella piccola signorina!" Josephine blickt empört von ihrem Nudelteller auf und mault: „Bin keine Sensorina, bin Josephine".

Josephine: Mamas haben es schwer

November 2005

Josephine ist zum ersten Mal allein zu Besuch bei uns. Die Bären Molly und Lars sowie der Affe Jack begleiten sie.

Noch leicht angeschlagen von einer Erkältung ist sie.

Ist aber nicht schlimm, denn: „Endlich darf ich auch leckeren Hustensaft haben, nicht nur der Alexander!" Gott sei Dank fließt der leckere Saft immer noch, sie muss nach eigenem Bekunden „mittags Hustensaft und abends Medizin" nehmen.

Ein anstrengender Tag mit Plätzchenbacken ist vorbei. Josephine ist müde.

Aber es gibt ein Problem. „Ihre Kinders" waren nicht brav.

„Ich bin mit den Nerven fertig!", teilt mir die junge Mutter mit, während sie sich bettfertig macht. Ob ich ihren „Kinders" den Hustensaft verabreichen könnte? Selbstverständlich erhalten beide Bären und Affe Jack einen ordentlichen Schluck aus dem CK-Taschenzerstäuber. Der wirkt dermaßen fabelhaft, wie mir Josephine am nächsten Tag freudig mitteilt, dass die lieben Kinders wie neu sind. Ob sie denn diese tolle Medizin für ihre Kleinen mitnehmen darf, Puppe Jenny hätte vor ihrer Abreise auch schon ein leichtes Kratzen im Hals verspürt?

Bevor sie alle ins Bett gehen, müssten ihre Kinders auch nochmal aufs Klo. Ob denn nicht vielleicht ich, sie wäre doch noch soooo krank …? Während sich Josephine in ihren Schlafanzug schmeißt, bringe ich unsere kleinen

Freunde nacheinander aufs Klo.

„Du musst sie doch abputzen", kommandiert die junge Mutter. Gottergeben reiße ich ein Blatt Klopapier ab und tupfe damit auf den Tieren herum. Unter dem wachsamen Blick ihrer „Mama".

„Hat der Jack denn Aa gemacht?", will sie wissen.

„Nein, warum?", erwidere ich erstaunt, „nur Pipi, wie die beiden anderen auch."

„Und warum …", kommt die triumphierende Antwort, „… hast du dann seinen Popo abgewischt?"

Alexander: Diese Tante

September 2005

Zu seinem dritten Geburtstag schenkten wir Alexander einen selbst gedrehten Film über unsere Kanada-Reise. Darauf sind alle möglichen Dinge zu sehen, die einen kleinen Jungen interessieren könnten: Schiffe, die auf dem Trockenen liegen, kleine „Cable Ferries" und auch große Autofähren, die beladen werden, Eisenbahnen und vieles mehr.

Am Anfang des Films erkläre ich ihm am Modell, wie eine Hummerfalle funktioniert.

Irgendwann kamen Alexander und ich auf den Film zu sprechen. Er nahm meine Hand, tätschelte sie behutsam und meinte dann:

„Tante Sabine, ich hab das wirklich schon verstanden, wie das mit der Hummerfalle funktioniert.

Jetzt kannst du mir am Anfang mal was anderes erklären!"

Alexander: Immer Ärger mit dem Christkind
Heiliger Abend 2005

Den Heiligen Abend verbrachten die beiden Strategen mit ihren Eltern im hohen Norden bei Oma und Opa. Besorgt rief Alexander abends bei den Großeltern in München an. Nicht etwa um schöne Feiertage zu wünschen.

Nein, er wollte wissen, ob das Christkind für ihn, eventuell auch für die kleine Schwester, Geschenke vorbeigebracht hätte. Die Tante Sabine hätte doch so gute „Connections" zum Christkind.

Enttäuschenderweise antwortete die Oma darauf mit Nein. „Aber das Christkind weiß doch, dass ihr nicht hier seid, es hat doch bestimmt was bei Oma Anne und Opa Kalli dagelassen."

Das wurde bestätigt. Sechs Päckchen für ihn wären es gewesen, lautete die präzise Antwort.

Und was hat das Christkind denn so gebracht? Gewissenhaft zählte Alexander bis hin zur letzten Schokoladenkugel all die Dinge auf, die das großzügige Christkind dagelassen hatte.

„Und einen Globus. Aber nur so einen mit komischen Ländern drauf!"

Alexander & Josephine: Fasching

Fasching 2006

Großes Krapfenessen am Faschingssonntag. Mit der „Backerei" beschäftigt, hat die Oma vergessen, Luftschlangen zu dekorieren. Als schon alle um den Tisch sitzen, zündet sie „wenigstens eine Kerze an". Am Teelicht des Stövchens. „Feuerwehr-Onkel" Gerd (arbeitete bei der Berufsfeuerwehr) mahnt zur Vorsicht, Schwester Isolde warnt vor Wachsflecken. Alexander meint ganz gelassen: „Lasst das mal die Oma machen. Die Oma ist eine Hausfrau. Die kann alles!"

Ein wenig später unterhalten wir uns, Krapfen essend, über unser Sonnensystem. Ein paar unserer Planeten weiß Alexander sofort. Mit ein wenig Unterstützung fallen ihm noch weitere ein. Auch der Opa will helfen und souffliert, auf den Planeten Venus verweisend: „Und wie heißt die hübsche Frau?" Josephine überlegt kurz und meint dann mit dem Finger auf mich zeigend: „Tante Sabine."

Alexander & Josephine: Sag doch mal …

Mai 2006

Josephine kann wie die meisten kleinen Kinder kein „Sch" sagen.

Da hört sich dann zum Beispiel ein Satz so an: „Snecken sind söne Tiere. Ich habe Snecken sehr lieb."

Alles, was süß schmeckt, zählt zu Josephines Lieblingsspeisen. Gibt es Kuchen, ist das allererste Klasse, gibt es einen Kuchen wie Cassata, in dem sich gar ganze Schokoladenstückchen tummeln, strahlt Mademoiselle über beide Backen – und mampft.

„Ich liiiebe Sokolade", ihr Kommentar!

„Josephine, sag doch mal Schokolade, Sch – sch – Schokolade. Probier's doch mal!"

Josephine probiert's. Sch – sch – Schokolade. Wunderbar, es hat geklappt! Konzentriert und in sich versunken, übt Josephine weiter.

„Sch – sch – Schokolade."

Da ertönt die Stimme des großen Bruders: „Josephine, sag doch mal Sch – sch – Scheiße!"

Alexander: Die Kellerschächte

Frühjahr 2006

Die Kellerschächte sind zum Schutz der Kinder mit Plastikhauben abgedeckt. Den Kindern ist es streng verboten, dort zu spielen. Viel zu gefährlich!
Der Papa ist beim Rasenmähen.
Alexander wuselt wichtig herum und „hilft" ihm unentwegt.
Doch auf einmal taucht er im Kellerschacht auf. Der Papa ist gar nicht erfreut und macht ihm Vorhaltungen.
Auf Papas Geschimpfe reagiert er achselzuckend und meint gelassen:
„Kinder machen halt so was!"

Alexander: Der Einschulungstest

März 2006

Alexander muss zum Einschulungstest.
Neben der körperlichen wird auch die geistige Reife plus Sprachvermögen zum Schuleintritt festgestellt.
Die Dame von der Schulbehörde fordert Alexander zum Zählen auf.
Alexander ist enttäuscht. Da kommt man mit solchen Erwartungen zum Test – und dann soll man so „baby-einfache" Sachen machen. Man könnte doch ein wenig addieren und multiplizieren.
Aber die Dame ist partout nicht von ihrer Bitte abzubringen. Alexander soll bis zehn zählen.
Gottergeben seufzt er und fragt:
„Okay, auf Deutsch oder auf Englisch?"

Alexander & Josephine in Italien

Juni 2006

Der letzte gemeinsame Urlaub in Italien, denn im September kommt Alexander in die Schule.

Es dauert einen Tag, bis die komplizierte Tischordnung geklärt ist. Das bunte Kinderbesteck und auch die Becher werden von Josephine vehement abgelehnt: nur für Babys, richtiges Besteck und Gläser müssen her.

Die kleine Lady betritt den Speisesaal abends nur dezent zurecht gemacht. Punkt 19:15 Uhr trabt Mademoiselle zum täglichen Schminken an. Kundig sucht sie die passenden Farben zu ihrem Outfit aus, dann müssen außerdem noch stimmige Accessoires gewählt werden: Armband, Kette, Haarreif. Natürlich am liebsten in Pink. Beratend steht man dann der lieben Tante bei, vor allem, weil sie diese vielen wunderbaren Stifte, Töpfchen und Tiegelchen hat. Absolut faszinierend ist der Lidschatten aus der Tube, der zuerst weiß und, wenn man mit dem Finger dann reintippt, rosa ist. Wunderschön!

Leider lehnt es die Tante kategorisch ab, die junge Dame mit Wimperntusche und Kajal zu schminken, was Josephine unbedingt möchte. So ist der dicke Puderpinsel ihr wichtigstes Requisit beim Schminken. Lässig und gekonnt streicht man sanft mit ihm über Wangen, Nase, Stirn und Kinn. Noch etwas Glanz auf die Lippen, ein Hauch Parfum, und wir Mädels können endlich zum Essen gehen.

Wenn ich ihr beim Essen mit Serviette energisch den Mund abwische, legt sie ihren Arm auf meinen und meint, Zustimmung fordernd:

„Nach dem Essen machen wir neuen Glanz drauf, bevor wir spazieren gehen, ja?"
Ganz die junge Dame!

In Italien haben gerade kleine Kinder Narrenfreiheit. Unsere zwei Helden nicht, denn ihre Eltern legen Wert auf ein gutes, höfliches Benehmen, ob im Urlaub oder zu Hause.
Josephine hat von ihrem Hochstühlchen beim Essen einen guten Blick auf den Nachbartisch.
Dort sitzen ein kleiner Junge und seine Oma, die hier Urlaub machen. Die Eltern kommen nur am Wochenende vorbei. Die Oma bemüht sich, dem Enkel Tischmanieren beizubringen. Aber vergeblich. Irgendwann ist sie es leid, permanent mit dem unerzogenen Bengel zu schimpfen. Und so benimmt sich der Junge weiterhin unmöglich.
Unsere kleine Sittenwächterin prangert von ihrem Stühlchen aus, kopfschüttelnd, permanent das schlechte Benehmen am Nachbartisch an:
„ Jetzt hat er das Besteck runtergeschmissen!", „Schau, er spuckt sein Essen wieder aus!"
Oder ganz schlimm, denn Josephine schlägt vor lauter Entsetzen sogar die Hände vor das Gesicht, „jetzt hat er seine Oma gehauen!"
Eines Tages aber ist der Gipfel der Unverschämtheit erreicht:
Der kleine Junge hat sich während des gesamten Essens schlecht betragen, aber – Josephine fällt vor lauter Empörung fast vom Stuhl und schnappt nach Luft:
„… und jetzt bekommt der Bube auch noch einen Pudding!"

Josephine: Die Ente

Josephine ist bei Oma und Opa zu Besuch. Die haben immer gaanz viel Zeit, um mit Josephine zu spielen.

Eine Lieblingsbeschäftigung zu dieser Zeit ist, Knetmasse plattzuwalzen und dann mit kleinen Förmchen Tiere und Gegenstände auszustechen.

Natürlich muss das der Oma vorgeführt werden. Die findet das bestimmt auch ganz toll.

Konzentriert arbeitet sie. Jetzt ist eine kleine Ente an der Reihe, die Josephine „sehr söön" findet.

Es gibt nur ein Problem. Die Ente hat einen dünnen Hals und wenn man versucht, das ausgestochene Knetmassentierchen anzuheben, bricht häufig der Hals ab.

Die Kleine hat schon diverse Versuche hinter sich. Seufzend blickt sie zu ihrer Oma auf:

„Oma, die Ente ist eine Fehlkonstruktion."

Josephine: Es kann mal laut werden

Juli/ August 2006

Josephine und Alexander sind zu Besuch bei uns.
Wir haben Großes vor. Zuerst einen Besuch in Seaworld und am nächsten Tag geht es nach Legoland.
Denn für beide stehen wichtige Ereignisse an.
Alexander kommt in die Schule und Josephine besucht ab September den Kindergarten.
Natürlich sind sie aufgeregt, laut und streiten sich schon mal. Obwohl Alexander, wie er uns glaubhaft versichert, ja nur in der Schule lesen lernen will, damit er daheim seiner kleinen Schwester ihre Bilderbücher vorlesen kann.
Und wieder wird es lauter und lauter. Ich rufe dazwischen:
„Jetzt schmeißen uns die Nachbarn bald aus unserer Wohnung und dann stehen der Onkel Gunter und ich mit unseren Koffern auf der Straße!"
Josephine tätschelt beruhigend meinen Arm und meint:
„Wir fahren dann auch ganz vorsichtig um euch herum!"

Josephine: In der Wildnis

Wir feiern Onkel Gunters Geburtstag nach.
Alle haben sich versammelt. Nach der Kuchenschlacht gibt es nicht nur für den Onkel Geschenke. Auch unsere zwei bekommen ihre Mitbringsel aus unserem Kanada-Urlaub, es gibt für beide Stofftiere. Für Alexander haben wir einen Wolfswelpen mitgebracht. Den von Josephine gewünschten Lachs konnten wir nicht auftreiben, dafür haben wir ein süßes Bärenjunges ausgesucht.
Nachdem ich die Tierchen übergeben habe, erzähle ich beiden noch über Gewohnheiten und Lebensweise der Tiere, auch über die Arbeit der Park Ranger. Beide hören höchst interessiert zu. Ich frage Josephine:
„Na, wär' das nichts für dich? Du könntest auf die Tiere aufpassen, damit ihnen nichts passiert. Und den Kindergartenkindern und Schulkindern erklären, wie die Tiere leben und wie man sie beschützen kann …"
Josephines Gesicht leuchtet auf. Vor ihrem inneren Auge ziehen offensichtlich ganze Tierherden und Kohorten junger Tierfans vorbei. Sie scheint sehr angetan von ihren zukünftigen Aufgaben. Da umwölkt sich ihre Stirn plötzlich, ihr ist etwas eingefallen:
„Ich hab ganz vergessen, ich wollte ja den Marius heiraten."

Eric:

Stolz berichtet die Oma:
„Du, Eric, ich habe alles aufgehoben, was du für den Opa
und mich gemalt oder gebastelt hast. Schau, da in der
Kiste ist alles drin!"
Eric schaut kurz und meint dann trocken.
„Das wird wohl auch gut so sein!"

Alexander: Glückwünsche?

November 2006

Oma und Opa in München haben ihre Enkel schon lange nicht mehr gesehen. Denn als Schul- und Kindergartenkind hat man ja enorme Verpflichtungen und nicht mehr viel Freizeit.

Alexander purzelt aus dem Auto und sofort beginnt er alle wichtigen Neuigkeiten hervorzusprudeln. Nicht einmal Zeit hat er, seinen Oma und seinen Opa richtig zu begrüßen. Seine Oma nimmt ihn in den Arm, drückt ihn und fragt: „Na, wie heißt das erst mal?"

Wie aus der Pistole geschossen, antwortet Alexander: „Alles Gute zum Geburtstag!"

Alexander und Josephine in Italien

Juni 2007

Josephine trägt knackige rote Jeansshorts, ein weißes Shirt mit Blubberfisch drauf und dazu mein blaues UBC-Käppi.

„Toll siehst du aus! Damit kannst du für den maritimen Look Werbung laufen", lobe ich, denn die Kleine wollte das als Sonnenschutz gedachte Käppi auf keinen Fall aufsetzen. Der Onkel Gunter bekräftigt meine Worte:

„Ja, genau, dann können wir dein Foto an die Zeitung verkaufen." Josephine fängt darauf bitterlich an zu weinen.

Erst nach langem Zureden erfahren wir die Gründe: erstens, sie will nicht Werbung laufen, so weit weg von zu Hause. Und zweitens will sie auf gar keinen Fall an die Zeitung verkauft werden. Was sollen die mit ihr? Sie will lieber bei Mama und Papa und, na gut, auch beim großen Bruder bleiben.

Spaziergang am letzten Abend. Das Wetter war die ganze Woche über nicht toll. Aber jetzt ist es klar und wir sehen die Sterne. Ich jubele: „Ohh, italienische Sterne." Alexander wundert sich laut, warum das italienische Sterne wären. Er gibt aber gleich selber die Antwort: „Weil sie so klein und dünn sind."

Alexander: Bei Onkel und Tante

November 2007

In den Herbstferien besucht Alexander uns in München. Ich habe mir freigenommen, damit wir viel unternehmen können. An Allerheiligen gehen wir alle zusammen ins Kino, um „Ratatouille" anzuschauen. Am Tag darauf besuchen Alexander und ich das Verkehrsmuseum auf der Schwanthalerhöhe, wo es jede Menge zu bestaunen gibt.

Abends bringen wir ihn dann zu Oma und Opa. Sehnlichst wird er dort von seiner kleinen Schwester erwartet. Es ist doch etwas langweilig, wenn man niemanden zum Tratzen und Ärgern hat.

Als Gunter und ich uns verabschieden, meint die Oma zu Alexander: „Und, was sagst du jetzt zu Tante Sabine?" Statt des erwarteten Dankeschöns umarmt er mich, schüttelt mir feierlich die Hand und sagt dann:

„Ich wünsche dir jetzt viel Spaß ohne mich!"

Josephine: Bei Onkel und Tante

November 2007

Nachdem der große Bruder zwei Tage bei uns zu Besuch weilte, zieht auch Josephine für einige Zeit bei uns ein. Wir haben waaaahnsinnig viel zu tun.

Zuerst wollen wir ein „Blätterbild" mit Strukturputz und allen Schikanen gestalten. Josephine präsentiert uns stolz ihr Gemälde, das sie im Bastelkurs „gemalt" hat. Polarstimmung mit Sonne, Schnee und Eis. Mittendrin prangt ein weiß bemalter großer Eisbär aus Sperrholz. Die junge Künstlerin erklärt uns, dass wäre Eisbär Lars' Papa, Lars selber würde sie noch dazu malen, wenn die Mama ihr einen kleinen Sperrholzeisbären kauft.

Bis dahin wäre der Lars da irgendwo, sie wedelt dabei mit den Händen in den Sphären des Raums herum.

Onkel Gunter meint, am hinteren Ende auf der Rückseite des bemalten Keilrahmens, ja, da würde sich der kleine Eisbär tummeln.

„Quatsch", murmelt das kleine Fräulein grinsend. Also der Onkel Gunter wieder, was der für einen Schmarrn erzählt.

Aber dann, sicher ist sicher, dreht sie in einer blitzschnellen Bewegung das Bild um, späht auf die Rückseite und fragt: „Wo?"

Als Gunter und ich in schallendes Gelächter ausbrechen, ist sie furchtbar beleidigt und trabt heulend in mein Zimmer.

Etwas später versuche ich sie abzulenken, um sie aus ihrer Schmollecke herauszulocken. Aber sie durchschaut mich schnell und meint sehr würdevoll:

„Ich bin immer noch beleidigt, weil ihr über mich gelacht habt!"

Erst nachdem wir uns in aller Form entschuldigt haben, willigt sie ein, uns wieder mit ihrer Anwesenheit zu beehren.

Während Josephines Blätterbild trocknet, machen wir uns fertig, um zum „Shopping" in die Stadt zu fahren. Fein herausgeputzt, mit Lipgloss und Parfum versehen, und stolz auf die geleistete künstlerische Arbeit, beugt sich Josephine zu mir herüber, als ich gerade noch letzte Hand an ihre Jacke lege:

„Tante Sabine, weißt du was, wir sind zwei prachtvolle Frauen!"

Am nächsten Tag backen wir Butterplätzchen. Jedes einzelne wird handverziert, Perle für Perle, Zuckerteilchen für Zuckerteilchen. Selbstverständlich alles farblich aufeinander abgestimmt. Wahre Kunstwerke entstehen. Mit Recht ist Josephine stolz auf ihr buntes Werk. Fleißig hat sie geholfen. Aber nach fast sechs Stunden ist sie fix und fertig und hat keine Lust mehr. Während ich die Küche aufräume, übt sie mit ihrem Onkel Lesen. Mit einem Lappen in der Hand, fordere ich die beiden auf, den Tisch abzuräumen, damit ich ihn abputzen kann. Da hopst das Fräuleinchen plötzlich vom Stuhl und schlendert relaxt zum Sofa im Wohnzimmer und verkündet:

„Ich bin euer Gast, ich muss nicht aufräumen. Denn ich bin hier um mich zu amo-, amü-, amüsieren."

Beobachtungen vom Balkon

Mai 2008

Ein Siebenjähriger fährt stolz mit seinen Rollerblades auf dem Weg vor unseren Hausgärten vorbei. Sein kleiner Bruder, ungefähr vier Jahre alt, fährt auf seinem Roller neben ihm her.

Der Große prahlt: „Schau mal, ich kann mit meinen Rollerblades die Stufen rauf und runter springen." Sprach's und läuft stolz zwei Stufen zur erhöht liegenden Grasfläche hinauf. Dann noch mühsam eine kleine Runde übers Gras gerollert und wieder nach unten gehüpft.

Der kleine Bruder ist nicht sehr beeindruckt: „Pfff, das kann ich auch!" Er pfeffert seinen Roller zur Seite – und stapft triumphierend die Stufe rauf.

Josephine: Man gönnt sich ja sonst nichts

Mai 2008

Neben Josephine werden uns dieses Jahr sowohl meine als auch Gunters Mutter nach Italien begleiten.

In Anbetracht der bevorstehenden Reise nach Italien strahlt die junge Lady sowie schon. Ich teile ihr die Neuigkeit mit:

„Josephine, jetzt kommt nicht nur deine Oma, sondern sogar noch eine zweite Oma mit nach Italien, die Oma von Eric. Was sagst Du jetzt?"

Die Fünfjährige strahlt noch mehr, klatscht begeistert in die Hände und ruft enthusiastisch:

„Das ist ja ein Luxusurlaub für mich!"

Eric: Geschenke

Winter 2008

Die Geburtstage häufen sich in unserer Familie im Oktober/ November.

Irgendwann kommt die Rede auf Geburtstagsgeschenke.

Eric überlegt mit uns zusammen, was Mama, Papa, Oma und Opa in den letzten Wochen so alles geschenkt bekommen haben.

Aber bei seinem „Onkel Dunda" muss er passen.

Auch wir müssen überlegen, bevor Gunter einfällt, dass er eine DVD geschenkt bekommen hat. Über Mr. Bean, der in die Ferien fährt.

Eric schüttelt nach kurzem Zögern den Kopf. Das soll ein Geschenk sein? „Nein", meint er, „den kenn' ich gar nicht."

Alexander & Josephine: Beim Rennbahnspielen

Es ist wieder Zeit, die kleinen Flitzer sausen über die Carrera-Rennbahn. Der „Obersendlinger Cup" wird ausgetragen.
Auch unsere zwei sind mit von der Partie.
Die fünfjährige Josephine fährt zum ersten Mal und stellt sich nicht dumm an. Der große Bruder bangt um seinen sicher geglaubten Sieg.
Da muss doch was zu machen sein. Am besten gleich klare Verhältnisse schaffen.
Er gibt noch mal Gummi und plärrt:
„Pass auf, du Göre, gleich kommt der Gewinner!"

Alexander & Josephine in Italien

Juni 2009

Seit Jahren gehen wir jeden Abend bei unserem „Verdauungsspaziergang" denselben Weg.

Täglich werde ich von Alexander und Josephine flankiert. Wir unterhalten uns über alle möglichen Dinge.

Vor allem aber über das allabendliche „Fahren" in den kleinen Rennautos.

Für unsere zwei wie auch viele andere Kinder seit Generationen das Highlight in Torre Pedrera.

Unsere junge Dame ist heute etwas ungeduldig und fordert uns alle energisch auf, schneller zu gehen.

Sie möchte möglichst fix zu den Autos. Ihr großer Bruder gibt sich weltmännisch lässig und erwachsen.

In belehrendem Ton mit großer Geste um sich zeigend meint er: „Josephine, jetzt genieß doch zuerst mal die Umgebung!"

Eric: Schule

Rechenprobe in der Schule.

Gleich zehn Aufgaben sollen gelöst werden. Doch trotz der langen Zeit, die dafür zur Verfügung steht, wird Eric nicht fertig.

Sein Papa wundert sich, weiß er doch, dass Eric den Stoff beherrscht. Er spricht ihn darauf an.

Erics Antwort: „Ach, weißt du, Papa, die Aussicht von meinem Platz aus ist so schön, die muss man doch einfach genießen."

Recht hat er. Von seinem Klassenzimmer aus hat er einen tollen Blick auf die malerischen Osterseen.

Es stellt sich nur die Frage, ob ausgerechnet während einer Schulaufgabe der richtige Augenblick ist, ihn zu genießen.

Josephine: Entnervt

Josephine ist mit „dem lieben Onkel Gunter" unterwegs. Leider performt er nicht ganz so, wie die junge Dame es gern hätte. Und das mag Fräulein Josephine überhaupt nicht, wenn sie ihr kleines Köpfchen nicht durchsetzen kann.
Aber der Onkel bleibt hartnäckig, nichts zu machen. Stirnrunzelnd droht sie ihrem armen Onkel:
„Wenn du so weitermachst, dann steck' ich dich in ein Altersheim, wenn ich groß bin!"

Im Radio gehört

Juni 2015

Der Sohn eines Radiomoderators kommt mit einem Einser aus der Schule. Alle loben ihn und freuen sich. Da zupft der kleinere Sohn im Kindergartenalter den Papa am Ärmel und verkündet:

„Wenn ich nächstes Jahr in die Schule komme, bringe ich **jeden** Tag eine Eins mit nach Hause. Eine Eins kann ich nämlich heute schon schreiben."

Jerry: In der guten alten Zeit

irgendwann 2015

Meine Kollegin war zu Besuch bei Freunden.
Stolz präsentiert ihr der siebenjährige Filius sein neues
Buch, ein Comicheft. Meine Kollegin freut sich:
„Ach, das kenn' ich ja noch aus meiner Jugend. Das
gab's schon, als wir noch Kinder waren."
Der Kleine ist sichtlich enttäuscht. Aber er fängt sich
schnell und kontert:
„Ja, kann schon sein. Aber damals bestimmt nur in
schwarz-weiß!"

Lilly: Bitte nicht so laut

irgendwann 2016

Lilly trinkt gerne aus ihrer Trinkflasche. Die kann sie prima alleine öffnen und wieder verschließen, der Tee bleibt warm und das Wasser und der Saft im Sommer schön kühl. Die junge Dame weiß genau, dass sie die Flasche nach Gebrauch wieder auf den Tisch stellen soll. Blöderweise beharren Mama und Papa darauf. Aber das kann man doch mal vergessen, man hat ja schließlich Wichtigeres im Kopf. Und so stürmt Lilly aus dem Garten ins Haus und schmeißt die Trinkflasche schwuppdiwupp auf die Couch.

Die Mama protestiert lautstark: „Lilly, ich hab' dir schon x-mal gesagt, du sollst die Flasche auf den Tisch stellen! Jetzt schau dir mal das Sofa an!"

Lilly hört sich die Gardinenpredigt ruhig an und meint dann: „Olala, Mama! Du musst nicht so schreien, ich versteh dich schon!"

Lilly: Freunde für immer

im Jahr 2016

Die Mama schimpft mit Lilly. Schmollend verkündet die Kleine: „Mama, jetzt sind wir keine Freundinnen mehr!" So, das hat die Mama jetzt davon.
Aber dann zieht vor Lillys innerem Auge ein Leben ohne die „Freundin Mama" vorbei. Und so fügt sie schnell hinzu: „Aber nicht für lange."

Gehört: Motivationsschub

Mai 2017

Von unserem Küchenfenster aus können wir auf den Spielplatz eines Kindergartens blicken. Jeden Mittag kurz vor zwölf müssen die Kleinen ihre auf der gesamten Fläche verstreuten Spielsachen aufräumen. Eine ausgesprochen unbeliebte Aufgabe. Da braucht es schon etwas Motivation. Und so stellte sich eine junge Dame mitten auf die Fläche, klatschte in die Hände und rief: „Los geht's! Alle für einen – und einer für zwei!"

Im Radio gehört: Zweifelhafte Komplimente
Juli 2017

Eine Frau hatte sich zum ersten Mal Strähnchen in die Haare machen lassen. Abends bringt sie ihre beiden kleinen Söhne ins Bett. Ihr Älterer blickt vom Hochbett aus auf sie – und ihren Kopf herunter. Er hatte ja seine Mama sehr lieb, da macht man schon mal ein nettes Kompliment: „Mama, du siehst so schön aus; wie ein Wildschweinbaby!"

Folgende Geschichte habe ich unter der selben Rubrik gehört:
Ein Mann, 1,83 m groß und 80 kg schwer, erzählt:
Sein kleiner Sohn beäugt ihn kritisch von oben bis unten und fragt dann: „Papa, muss man eigentlich viel trainieren, damit man **nicht** so aussieht wie du?"

Im Radio gehört:

August 2017

Eltern machen mit ihrem 1½ Jahre alten Filius Urlaub an der See. Der Junge reißt sich los und rennt schnurstracks Richtung Straße. Aber die Mama erwischt ihn gleich und schimpft ihn. Danach läuft der kleine Kerl stinkig neben ihr her. Eine Lachmöwe fliegt über sie hinweg und lässt ihren typischen wie Gelächter klingenden Schrei erklingen. Der Kleine blickt zornig nach oben und meint: „Ist nicht lustig!"

Lilly: Auf geht`s zur Wiesn

August 2017

In München geht bald die Wiesn los. Dafür muss jung und alt sich „rüsten". Das bedarf einiger Anstrengung, man muss sich ja schließlich etwas „aufbrezeln".
Die Mama erzählt der kleinen Lilly, dass ihr die Oma ein „Trachteng'wand", also ein Dirndl, spendiert. Als die Oma schließlich kommt, springt die Kleine überglücklich um sie herum und jubelt: „Jetzt kaufen wir ein Drachenkleid, jetzt kaufen wir ein Drachenkleid!"

Bei uns im Laden:

August 2017

Ein Sechsjähriger muss bei uns im Warenhaus auf seinen kleinen Bruder aufpassen, während die Mama einkauft. Gar nicht so einfach, denn der Kleine, ungefähr zwei Jahre alt, denkt nicht daran, dem älteren Bruder zu gehorchen. Er macht, was er will, läuft dahin und saust dorthin.

Als der Kleine direkt Richtung Rolltreppe rennt, reißt ihn der große Bruder verzweifelt zurück und meint resigniert:

„Du bist aber ein schwieriges Kind!"

Im Radio gehört: Letzte Worte

Im Radio sollen Kinder anrufen und ihre Meinung kundtun, ob ein Kinderlied am nächsten Morgen noch einmal gespielt werden soll.

Nachdem das geklärt war, bat der Moderator die Sechsjährige um „berühmte letzte Worte".

Die Antwort, nach kurzer Überlegung:

„Tschüss."

Nochmals Radio: Nikolaus & der andere

Dezember 2017

Ein Vater fragt seine kleine Tochter nach dem Nikolaus, der am Vortag zu Besuch im Kindergarten war:

„Und war der Nikolaus alleine da?" „Nein, er hatte noch einen dabei."

„Meinst du vielleicht den Krampus?" „Ja, so hieß der, glaub ich."

„Was hat der dann so gemacht? Hat er dem Nikolaus geholfen?"

Kurze Pause, angestrengtes Nachdenken, schließlich die Antwort:

„Also, der Krampus, der hat den bösen Kindern die Geschenke gebracht."

Sabine: Die Fahne

irgendwann 1970

Zum Schluss eine Geschichte aus meiner Jugend:
Meine Mama rügt meinen Papa in der Früh: „Mein Gott, du hast ja heute Nacht eine ganz schöne Fahne mitgebracht!" Das war mein Stichwort, eine Fahne, tolle Sache. Sofort spähte ich neugierig ums Eck, fand nichts und fragte ganz enttäuscht: „Papa, wo hast du denn die Fahne hingestellt?"

Danksagung

Mein Dank gilt meinen Eltern. Denn sie lehrten meinen Bruder und mich die Freude an der Sprache.

So wurde das Spielen mit Wörtern zu einer meiner Leidenschaften.

Wem sollte ich sonst noch danken, wenn nicht meinem Mann, dem schwer geprüften Leidtragenden meiner „Projekte"? Denn er sorgt dafür, dass meine Gedankenspielereien zur Realität werden. Danke!